我和弟弟一起走

〔日〕小林丰／著·绘　　林 静／译

GUANGXI NORMAL UNIVERSITY PRESS
广西师范大学出版社
·桂林·

妈妈把塞满杏干的包裹递到我和弟弟手里，
没说一句话，紧紧地抱住了我们。
爸爸就一直站在门廊上。
今天，我要带着弟弟依鲁糖去南方的爷爷家。

平时宁静的广场，现在挤满了逃难的人。

"这是最后一趟巴士了！"司机大声喊道。

大家慌慌张张地奔向巴士。

唉，这辆巴士破破烂烂的，不会出什么问题吧。

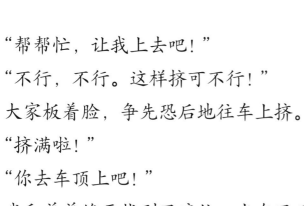

"帮帮忙，让我上去吧！"

"不行，不行。这样挤可不行！"

大家板着脸，争先恐后地往车上挤。

"挤满啦！"

"你去车顶上吧！"

我和弟弟终于找到了座位，坐在了硬邦邦的木椅上。

巴士里，人多得连呼吸都困难。

"听说军队都打到隔壁村子了。"旁边的爷爷说。

噗突突噗突突！吭哧吭哧！嘎吱嘎吱！

听起来巴士好像马上就要散架了。

车上的人都绷着脸，闷声不响。

"看，那只长得像小黑的狗，在和我们说再见呢！"我指着窗外。

依鲁糖直挺挺地坐着，一句话也不说。我的手被他握得生疼。

我也紧紧地握住了他的手。

巴士开过了村子里古老的石桥。

这个冬天的早晨，终于开始亮了。

从高原上我们的村子到平原上的城镇，必须要走这条盘山公路。

巴士晃来晃去，慢吞吞地沿路而下。发动机发出痛苦的喘息声。

下了山，就是一望无际的平原。

气温一下子升高了。

烤人的热风扑进来，大家急忙关上窗户。

噗突突突……扑哧——！

巴士忽然发出一声怪响，停了下来。

"怎么了？！"

发动机还是坏了。

"这辆破车，装的人太多了！"

"能想办法修好吗？"

"这可怎么办啊？不会要走路穿过沙漠吧？"

"好渴啊，快渴死了！"

大家发起了牢骚。

但有什么用呢，四周全是望不到边的沙漠。

我们带着行李开始步行。

"我去找人帮忙！"

坐在车顶的哥哥骑上自行车，急急忙忙出发了。

"拜托啦——！"

"好嘞——！"

太阳落山了，救援的人还没有来。

走了这么久，大家都累坏了。

一开始发牢骚的人，现在也不说话了。

没办法，只好先在前面的岩壁下休息了。

"哎呀，我们真是太倒霉了！"一个有点儿胖的叔叔叹了口气。

依鲁糖哭了起来。

"没事的，没事的！你看，这儿有妈妈给的杏干呢，我们一起吃吧！"

我们决定在这里休息一个晚上。

听说这岩壁是一处历史遗迹。

"原来，过去这里还住着人呢。"

太阳的余晖也消失了，忽然冷了起来。

大家挨在一起，在星空下，睡着了。

要是救援的人一直不来，会怎样呢……

"唉！好想快点儿回家啊。我女儿就快生了！"

一位老奶奶念叨着。

天亮了。昨晚一直在哭的依鲁糖开始吃杏干了。
"哥哥，杏干里有妈妈的味道哟。"

我们把杏干分给大家，每人一颗。
"孩子，谢谢你们！""真好吃啊！"
就在这时，依鲁糖发现了什么——

是骑自行车的哥哥，他正向我们挥手。

"喂——！喂——！"

"救援队来啦！救援队来啦！"

来救我们的是一个马戏团。
"太好了！太好了！"

看上去有点儿可怕、
总发牢骚的叔叔也高兴
地跳了起来。

"我们正好要去
城里呢。"
大家坐上马车，
出发了！

　　前面就是那位老奶奶居住的村子了。

　　"肚子好饿呀。"

　　"来来来，虽然没什么好东西招待大家，还是想请大家到家里坐坐。"

　　老奶奶带着我们往前走。

　　这是一个美丽的村子，一条清澈的小河从山上蜿蜒而下。

　　我们的村子还是冬天，这里已经是春天了。

　　杏花、李子花全开了。

　　"阿婆！快来快来，要生了！"两个女孩跑了过来。

屋里传出婴儿的啼哭声。

"玛丽亚，打点儿水过来。"

"好的！"

年轻的妈妈温柔地抱着刚出生的小宝宝。

依鲁糖往屋里望着，眼睛都圆了。

"小宝宝出生了！！"马戏团团长大声说。
咚咚咚！大鼓敲了起来。
叭叭叭！喇叭吹了起来。

"马戏团表演开始啦，开始啦——"
踩球，踩高跷，小丑表演……
大家开心极了。依鲁糖捂着肚子，笑得直打滚。
"好久没有这样快乐了，和平的日子真好。"
老奶奶也跳起了舞。

欢乐的派对结束了。

要和刚成为好朋友的玛丽亚分开了。

好想一直留在这里啊!

"太阳落山前到不了城里的话,家人一定会担心的。"

"出发——!"团长宣布。

越过不远处的山丘,就能看见城镇了。

太阳落山的时候，我们终于到了。

大家已经变得像家人一样亲近，可现在就要各奔东西了。

"要多保重啊!"

"再见!"

"下次见!"

"祝你们好运!"我说,就像
爸爸每次跟人告别时那样。

我和弟弟走在黑黢黢的街道上，寻找爷爷家。

一路上找不到人问路。

"101 号。在这里……"爷爷在等我们吗？

"走吧，哥哥。"依鲁糖使劲拉起我的手。

我轻轻地敲了敲门。

"爷爷！我们来了！"依鲁糖兴奋地喊。

门慢慢地开了。

"噢，噢，你们来啦！"

温暖的灯光从屋里洒出来……

我和弟弟一起走

Wo He Didi Yiqi Zou

出版统筹：张俊显

项目主管：孙才真

策划编辑：柳 漾

责任编辑：陈诗艺

助理编辑：窦兆娜　石诗瑶

责任美编：李 坤

责任技编：李春林

ぼくは弟とあるいた

Copyright © 2002 by YUTAKA KOBAYASHI

Original Japanese edition published by IWASAKI Publishing Co., Ltd.
Simplified Chinese edition copyright © 2019 by Guangxi Normal
University Press Group Co., Ltd.
This edition arranged with IWASAKI Publishing Co., Ltd. through
Bardon-Chinese Media Agency, Taipei.
All rights reserved.
著作权合同登记号桂图登字：20-2017-009号

图书在版编目（CIP）数据

我和弟弟一起走／（日）小林丰著、绘；林静译. 一
桂林：广西师范大学出版社，2019.9
（魔法象. 图画书王国）
书名原文：BOKU WA OTOUTO TO ARUITA
ISBN 978-7-5598-1690-0

Ⅰ. ①我… Ⅱ. ①小…②林… Ⅲ. ①儿童故事 – 图
画故事 – 日本 – 现代 Ⅳ. ① I313.85

中国版本图书馆 CIP 数据核字（2019）第 058927 号

广西师范大学出版社出版发行

（广西桂林市五里店路 9 号　邮政编码：541004）
网址：http://www.bbtpress.com
出版人：张艺兵
全国新华书店经销
北京盛通印刷股份有限公司印刷
（北京经济技术开发区经海三路 18 号　邮政编码：100176）
开本：965 mm×1 050 mm　1/16
印张：2.75　　插页：8　　字数：46 千字
2019 年 9 月第 1 版　　2019 年 9 月第 1 次印刷
定价：44. 80 元
